岩　波　現　代　文　庫

自分の感受性くらい

茨木のり子
Noriko Ibaragi

文芸 368

岩波書店

自分の感受性くらい ＊ 目次

自分の感受性くらい

詩集と刺繍

詩集のコーナーはどこですか
勇を鼓して尋ねたらば
東京堂の店員はさっさと案内してくれたのである
刺繍の本のぎっしりつまった一角へ

そこではたと気づいたことは
詩集と刺繍
音だけならばまったくおなじ
ゆえに彼は間違っていない

けれど
女が尋ねたししゅうならば
刺繍とのみ思い込んだのは
正しいか　しくないか

礼を言って
見たくもない図案集など
ぱらぱらめくる羽目になり
既に詩集を探す意志は砕けた

二つのししゅうの共通点は
共にこれ
天下に隠れもなき無用の長物

さりとて絶滅も不可能のしろもの

たとえ禁止令が出たとしても
下着に刺繍するひとは絶えないだろう
言葉で何かを刺しかがらんとする者を根だやしにもできないさ
せめてもとニカッと笑って店を出る

癖

むかし女のいじめっ子がいた
意地悪したり　からかったり
髪ひっぱるやら　つねるやら
いいイッ！　と白い歯を剝《む》いた

その子の前では立往生
さすがの私も閉口頓首
やな子ねぇ　と思っていたのだが
卒業のとき小さな紙片を渡された

ワタシハアナタガ好キダッタ
オ友達ニナリタカッタノ
たどたどしい字で書かれていて
そこで私は腰をぬかし　いいえ　ぬかさんばかりになって

好きなら好きとまっすぐに
ぶつけてくれればいいじゃない
遅かった　菊ちゃん！　もう手も足も出ない
小学校出てすぐあなたは置屋の下地っ子

以来　いい気味　いたぶり　いやがらせ
さまざまな目にあうたびに　心せよ
このひとほんとは私のこと好きなんじゃないか

と思うようになったのだ

自分の感受性くらい

ぱさぱさに乾いてゆく心を
ひとのせいにはするな
みずから水やりを怠っておいて

気難かしくなってきたのを

友人のせいにはするな
しなやかさを失ったのはどちらなのか

苛立つのを
近親のせいにはするな
なにもかも下手だったのはわたくし

初心消えかかるのを
暮しのせいにはするな

そもそもが　ひよわな志にすぎなかった

駄目なことの一切を
時代のせいにはするな
わずかに光る尊厳の放棄

自分の感受性くらい
自分で守れ
ばかものよ

存在の哀れ

男には　男の
女には　女の
存在の　哀れ
一瞬に薫り　たちまちに消え

好きではなかったひとの
かずかずの無礼をゆるし
不意に受け入れてしまったりするのも
そんなとき

そんなときは限りなくあったのに
それが何であったのか
一つ一つはもう辿ることができない
誰かがかき鳴らした即興のハープのひとふしのように

くだまく呂律《ろれつ》　くしけずる手
後姿だったかしら　嘘泣きだったかしら
ひらと動いた視線　言の葉さやさや
それとも煎餅かじる音だったか

知命

他のひとがやってきて
この小包の紐《ひも》　どうしたら
ほどけるかしらと言う

他のひとがやってきては

こんがらかった糸の束
なんとかしてよ　と言う

鋏で切れいと進言するが
肯《がえ》じない
仕方なく手伝う　もそもそと

生きてるよしみに
こういうのが生きてるってことの

おおよそか　それにしてもあんまりな

まきこまれ
ふりまわされ
くたびれはてて

ある日　卒然と悟らされる
もしかしたら　たぶんそう
沢山のやさしい手が添えられたのだ

一人で処理してきたと思っている
わたくしの幾つかの結節点にも
今日までそれと気づかせぬほどのさりげなさで

青年

浮かない顔
というより暗い
暗いというより鬱である
他人を拒否しシャッターを下してしまっている顔
全身を包む暗愁にはなぜか見覚えがあった

学生かセールスマンか役人の卵か
それらは皆目わからない
あの　と声をかければ
たぶん瞳を動かしてしまうだろう
だから日本の青年ではあるだろう
みるともなくみている
彼の視線を辿れば
そこに　夕富士
あたりいちめん葡萄酒いろに染めながら

折しも陽は富士の左肩に沈むところ
武蔵野にあるこの駅から見て
富士の右肩に陽が沈むようになれば
だんだん春もほぐれてくるのだった

寒風にさらされながら
黙って隣に腰かける
ともに電車を待ちながら
かすかな眩暈

一昔まえのわたくしが
青年の形を借りて隣に坐っているようで

青梅街道

内藤新宿より青梅まで
直として通ずるならむ青梅街道
馬糞のかわりに排気ガス
ひきもきらずに連なれり
刻を争い血走りしてハンドル握る者たちは

けさつかた　がばと跳起き顔洗いたるや
ぐずぐずと絆創膏はがすごとくに床離れたる
　くるみ洋半紙
　東洋合板
　北の誉《ほまれ》
　丸井クレジット
　竹春生コン
　あけぼののパン
街道の一点にバス待つと佇めば

あまたの中小企業名
にわかに新鮮に眼底を擦過
必死の紋どころ
はたしていくとせののちにまで
保ちうるやを危ぶみつ
さつきついたち鯉のぼり
あっけらかんと風を呑み
欅《けやき》の新芽は　梢に泡だち
清涼の抹茶　天にて喫するは誰《た》ぞ

かつて幕末に生きし者　誰一人として現存せず
たったいま産声をあげたる者も
八十年ののちには引潮のごとくに連れ去られむ
さればこそ
今を生きて脈うつ者
不意にいとおし　声たてて
　鉄砲寿司
　柿沼商事
　アロベビー

佐々木ガラス
宇田川木材
一声舎
ファーマシイグループ定期便
月島発条
えとせとら

二人の左官屋

きてくれた左官屋
長髪に口髭
白地に紺の龍おどる日本手拭何枚か使い
前あきの丸首シャツに仕立てて着ている
あちらこちらに鱗飛び

いなせとファッショナブル渾然融合
油断のならないいいい感覚
足場伝いにやってきた彼

窓ごしにひょいと私の机を覗き
「奥さんの詩は俺にもわかるよ」
うれしいことを言い給うかな

十八世紀　チャイコフスキイが旅してたとき
一人の左官屋の口ずさむ民謡にうっとり

やにわにその場で採譜した
アンダンテ・カンタービレの原曲を
口ずさんでいたロシヤの左官屋
彼はどんななりしていたのだろう

夏の声

いくじなしのむうちゃん!

という声
しぱしぱと目覚めれば
時計は午前の一時である

赤ん坊の泣き声は
ひよひよ　ひいひい
はかなく　せつない
家の前の坂道を
行ったり来たりして

いくじなしのむうちゃん！
いくじなしのむうちゃん！
いくじなしのむうちゃん！

子守唄のように続くそれは
澄んでいて　綺麗
若い母の困惑と　いとおしさとが
入り混っていて
へんに艶《なまめ》かしくもある

〈いくじなし〉と〈むうちゃん〉は
ぴったり結合　ぬきさしならず

それゆえポエチカルでもあるのだが
やがて　彼
母の薫陶よろしきを得て
意気地《いきじ》の男になるんだろうか
熱帯夜のつづく日本の夏は
おとなだって音をあげる
着て寝たものの
いつのまにやらどこへやら
と消えうせて

団扇《うちわ》一本　はたり　はたり

むうちゃんや！
いくじなしは　いくじなしのままでいいの
泣きたきゃ　泣けよ
意気地なしの勁《つよ》さを貫くことのほうが
この国では　はるかに難しいんだから

廃屋

人が
棲まなくなると
家は
たちまちに蚕食される
何者かの手によって

待ってました！　とばかりに

つるばらは伸び放題
樹々はふてくされて　いやらしく繁茂
ふしぎなことに柱さえ　はや投げの表情だ
頑丈そうにみえた木戸　ひきちぎられ
あっというまに草ぼうぼう　温気《うんき》にむれ
魑《ち》魅《み》魍魎《もうりょう》をひきつれて
何者かの手荒く占拠する気配

戸さえなく
吹きさらしの
囲炉裏の在りかのみ　それと知られる
山中の廃居
ゆくりなく　ゆきあたり　寒気だつ
波の底にかつての関所跡を見てしまったときのように

人が

家に
棲む

それは絶えず何者かと
果敢に闘っていることかもしれぬ

孤独

孤独が　孤独を　生み落す
ごらん
ようやく立てたばかりの幼児の顔の
時として　そそけだつような寂しさ
風に　髪なんぞ　ぽやぽやさせて

孤独が　孤独を　生み落す
子の孤独が孵《かえ》って一人旅立つ
親の孤独がその頃になってあわてふためくのは
笑止なはなしである

厖大《ぼうだい》に残された経文のなかに
たった一箇所だけ
人間の定義と目されるところがあり
〈境をひくもの〉とあるそうな

ずいぶん古くからの認識だが
いまだにとっくり呑みこめてはいない
それはとどのつまりではなく
そもそもの出発点

もぐらは土のなかで生き
さくらはふぶく
渡り鳥は二つのふるさとを持ち
海はまあるくまるく逆巻かざるをえない

人間に特有の附帯条件もまたあろうではないか

友人

友人に
多くを期待しなかったら
裏切られた！　と叫ぶこともない
なくて　もともと
一人か二人いたらば秀

十人もいたらたっぷりすぎるくらいである
たまに会って　うっふっふと笑いあえたら
それで法外の喜び
遠く住み　会ったこともないのに
ちかちか瞬きあう心の通い路なども在ったりする
ひんぴんと会って
くだらなさを曝け出せるのも悪くない
縛られるのは厭《いや》だが
縛るのは尚　厭だ

去らば　去れ
ランボウとヴェルレーヌの友情など
忌避すべき悪例だ
ゴッホとゴーギャンのもうとましい
明朝　意あらば　琴を抱いてきたれ
でゆきたいが
老若男女おしなべて女学生なみの友情で
へんな幻影にとりつかれている

昔の友も遠く去れば知らぬ昔と異ならず
四月すかんぽの花　人ちりぢりの眺め
とは
誰のうたであったか

底なし柄杓

——金子光晴氏に——

天狗わざといってていいほどの
膨大な仕事を果しながら
なぜか蟇口はいつもぴいぴいしてた
それが不思議でなりませなんだが

逝かれてから少しづつ見えてきたものが
あります
身近の困ったひとたちに　あいよ
やみくもにずいぶんばらまいていたのですね
それでは
底なし柄杓《ひしゃく》で営々と水を汲《く》みあげていたようなものです
まったき徒労！
しかもなんと詩だけは確実に掬《すく》いあげていた柄杓でした
どんなに目を凝らしても

そのからくりは見抜けずに
それはもう
北斗七星の下あたり
無造作にほんなげられてしまっていますね

波の音

酒注ぐ音は　とくとくとく　だが
カリタ　カリタ　と聴こえる国もあって
波の音は　どぶん　ざ　ざ　ざァなのに
チャルサー　チャルサー　と聴こえる国もある

澄酒を　カリタ　カリタ　と傾けて
波音のチャルサー　チャルサー　捲き返す宿で

一人　酔えば
なにもかもが洗い出されてくるような夜です

子供の頃と少しも違わぬ気性が居て
哀しみだけが　ずっと深くなって

顔

電車のなかで　狐そっくりの女に遭った
なんともかとも狐である
ある町の路地で　蛇の眼をもつ少年に遭った
魚かと思うほど鰓《えら》の張った男もあり
鶫《つぐみ》の眼をした老女もいて

猿類などは　ざらである
一人一人の顔は
遠い遠い旅路の
気の遠くなるような遥かな道のりの
その果ての一瞬の開花なのだ

あなたの顔は朝鮮系だ　先祖は朝鮮だな
と言われたことがある
目をつむると見たこともない朝鮮の

澄みきった秋の空
つきぬける蒼さがひろがってくる
たぶん　そうでしょう　と私は答える

まじまじと見入り
あなたの先祖はパミール高原から来たんだ
断定的に言われたことがある
目を瞑ると
行ったこともないパミール高原の牧草が

匂いたち
たぶん　そうでしょう　と私は答えた

系図

子供の頃に
叩きこまれたのは
万世一系論
くりかえしくりかえし
一つの家の系図を暗誦

それがヒストリイであったので
いまごろになってヒステリカルにもなるだろう
一つの家の来歴がかくもはっきりしているのは
むしろ嘘多い証拠である
と　こっくり胸に落ちるまで
長い歳月を要したのだ

何代か前　何十代か前
その先は杳《よう》として行方知れず

ふつうの家の先祖が　もやもやと
靄靄《もやもや》と煙っているのこそ真実ではないか

父方の家は　川中島の戦いまでさかのぼれる
母方の家は　元禄時代までさかのぼれる
その先は霞《かすみ》の彼方へと消えさるのだ
けれど私の脈搏《みゃくはく》が　目下一分間七十の
正常値を数えているのは
伊達ではない

いま生きて動いているものは
並《な》べて　ひとすじに　来たるもの
ジャマイカで珈琲《コーヒー》の豆　採るひとも
隣のちいちゃんも
昔のひとの袖の香を芬芬《ふんぷん》と散りしいて
いまをさかりの花橘《はなたちばな》も
きのう会った和智さんも
どういうわけだか夜毎　我が家の軒下に

うんちして去る　どら猫も
ノートに影　くっきりと落し
瞬時に飛び去った一羽の雀も
気がつけば　身のまわり
万世一系だらけなのだ

木の実

高い梢に
青い大きな果実が　ひとつ
現地の若者は　するする登り
手を伸ばそうとして転り落ちた
木の実と見えたのは

苔むした一個の髑髏《どくろ》である

ミンダナオ島
二十六年の歳月
ジャングルのちっぽけな木の枝は
戦死した日本兵のどくろを
はずみで　ちょいと引掛けて
それが眼窩《がんか》であったか　鼻孔であったかはしらず
若く逞しい一本の木に

ぐんぐん成長していったのだ

生前
この頭を
かけがえなく　いとおしいものとして
掻抱いた女が　きっと居たに違いない

小さな顳顬《こめかみ》のひよめきを
じっと視ていたのはどんな母

この髪に指からませて
やさしく引き寄せたのは　どんな女《ひと》
もし　それが　わたしだったら……

絶句し　そのまま一年の歳月は流れた
ふたたび草稿をとり出して
嵌《は》めるべき終行　見出せず
さらに幾年かが　逝く

もし　それが　わたしだったら
に続く一行を　遂に立たせられないまま

四海波静

戦争責任を問われて
その人は言った
そういう言葉のアヤについて
文学方面はあまり研究していないので
お答えできかねます

思わず笑いが込みあげて
どす黒い笑い吐血のように
噴きあげては　止り　また噴きあげる

三歳の童子だって笑い出すだろう
文学研究果さねば　あばばばばとも言えないとしたら
四つの島
笑《えら》ぎに笑《えら》ぎて　どよもすか
三十年に一つのとてつもないブラック・ユーモア

野ざらしのどくろさえ
カタカタカタと笑ったのに
笑殺どころか
頼朝級の野次ひとつ飛ばず
どこへ行ったか散じたか落首狂歌のスピリット
四海波静かにて
黙々の薄気味わるい群衆と
後白河以来の帝王学

無音のままに貼りついて
ことしも耳すます除夜の鐘

殴る

束の間の夢のなか
わたしは人を殴らんとしている
意気　天を衝いているのに　どうしたことか
ふりあげた右手が急速に重く　鉛のかたまり
あわてて

左手までが助けっ人に出て
右手をして殴らしめんと欲する
行くのだ
そら！

ひんぴんとみる夢
くるしくて声あげて覚める夢
せせら笑う相手の顔は　そのたびに違い
ついに殴れたためしはない

生まれてこのかた人を殴ったことはなく
人に殴られたこともなく
とりたてて殴りたい顔も思い浮ばないのだが
ほんとうは殴ってまわりたいものが多すぎるのかもしれぬ

夢のなかにまで現れる抑圧がいまいましく
ゆるせない
かのポリオのような右手を完全に追放するには
現実に　しらふで　人を殴ってみるにしかずか

わたしの右手は知っているようなのだ
躊躇《ちゅうちょ》せず　ばしばし昏倒させた確かな手ごたえ
シナントロプス・ペキネンシス時代の快感を

鍵

一つの鍵が　手に入ると
たちまち扉はひらかれる
固く閉された内部の隅々まで
明暗くっきりと見渡せて

人の性格も
謎めいた行動も
物と物との関係も
複雑にからまりあった事件も
なぜ　なにゆえ　かく在ったか
どうなろうとしていたか
どうなろうとしているか
あっけないほど　すとん　と胸に落ちる

ちっぽけだが
それなくしてはひらかない黄金の鍵
人がそれを見つけ出し
きれいに解明してみせてくれたとき
ああ　と呻《うめ》く
私も行ったのだその鍵のありかの近くまで
もっと落ちついて　ゆっくり佇んでいたら
探し出せたにちがいない
鍵にすれば

出会いを求めて
身をよじっていたのかも知れないのに

木の枝に無造作にぶらさがり
土の奥深くで燐光《りんこう》を発し
虫くいの文献　聞き流した語尾に内包され
海の底で腐蝕せず
渡り鳥の指標になってきらめき
束になって空中を　ちゃりりりんと飛んでいたり

生きいそぎ　死にいそぐひとびとの群れ
見る人が見たら
この世はまだ
あまたの鍵のひびきあい
ふかぶかとした息づきで
燦然《さんぜん》と輝いてみえるだろう

茨木のり子の詩の魅力
——リズム・オノマトペ・対話

伊藤比呂美

茨木さんの魅力はなんだろう。なんでみんながこんなに茨木のり子を読むのだろう。岩波文庫の現代詩のシリーズで、茨木のり子詩集はいちばん売れているそうだけど、その詩の何が、こんなに人を惹きつけるのだろう。

読めばわかるところ。現代詩によくある難解さ、イメージからイメージへの突飛な飛躍がないから、平易な言葉で書いた散文作品を読んでいるような気さえしてくる。

そこには具体的な日常性がある。社会性がある。政治的な主張も、生きる上での価値観もどうどうと発言される。穏やかなフェミニズムがあり、強く骨太なヒューマニズムがある。そしてユーモアがあり、おどけがある。

話し言葉にかぎりなく近いけど、基本的にはすべて平易な書き言葉だ。ときどき「奥さんの詩は俺にもわかるよ」のように、ほんとうに話し言葉として出されたんだろうという声も入ってくる。「わかるよ」と言われて、詩人は次の行で「うれしいことを言い給うかな」と少しおどけながら、正直に、ユーモラスに、よろこんでみせる。

おどけもユーモアも、自分を尊大に見せようとせず、正当化もせずに、客観的にとらえているということだ。私たち読者はそれを感じ取る。これを書いている人はとてもいい人なんだなと思う。

茨木のり子の詩とは。

まずすぐ気がつくのが型である。型といっても、七五とかソネットとか五言絶句とか、そういう既成の詩の型に寄りかかっていない、茨木さんがつくる自分だけの型である。

たとえば冒頭の「詩集と刺繡」は、四行の連が六つ連なってできている。詩集の表題でもある「自分の感受性くらい」は、三行が六連。ところが「二人の左官屋」は、一一行、一行あけて六行というふうに、型がない。

行ワケをするタイミングは何のルールにも従ってない。言葉をつきつめる上で、自分に自分で枷をはめたのだとでも言わんばかりである。七五の型ではないと言ったばかりだが、ところどころに七や五を使ってある。それで歌うような調子がつく。たとえば「二人の左官屋」。いやになまなましく身近に感じられる詩なのだが、そのなまなましさは、詩のなかに描かれるワタクシとは普通(事実を元にしてあっても)フィクションであると思って読めるのに、ここでは茨木さん本人がひょいとあらわれるからではないか。左官屋さんに「わかるよ」と言われて「うれしいことを言い給うかな」と思う詩人の心、つまり茨木さんその人の心である。

前半を引用しよう。そしてみなさん、それぞれの音数を数えてみてください。「きてくれた(五)左官屋(四)」というように。

きてくれた左官屋　五四
長髪に口髭　五四
白地に紺の龍おどる日本手拭何枚か使い　七五七五三
前あきの丸首シャツに仕立てて着ている　五七四四
あちらこちらに鱗飛び　七五

いなせとファッショナブル渾然融合　四六四四
油断のならないいい感覚　四四六
足場伝いにやってきた彼　七七
窓ごしにひょいと私の机を覗き　五七七
「奥さんの詩は俺にもわかるよ」
うれしいことを言い給うかな　七七

前半では五や七や四が耳につく。後半になると詩の世界になじんでしまって考えなくなる。「奥さんの詩は俺にもわかるよ」の行は話し言葉なので音数は数えたくない。
最初の二行は同じ音数――五と四を並べて揃えてある。三行目は不自然だと感じられるくらいフシがついている。「龍おどる」を「が」抜きでむりやり五にまとめてあるからだ。それで「しろじにこんの／りゅうおどる」とぴったり七五になる。七五調と言われるそれは私たちの身体に染みついている。

このように、七や五はところどころに出てくる。でもだからといって、七五調に寄りかかった定型の詩かというとそうではない。

七や五で整えて、整えたらすぐ壊す。つくろうとして壊す。壊してまたつくる。その果てしないくり返しを見てるようだ。それが茨木のり子という人の詩のリズムではないか。

それからオノマトペ、擬音語擬態語に耳をすませたい。茨木さんは、オノマトペのひとつひとつに、丹念に工夫を凝らす。

オノマトペというのは、言語を使う人たち全体がみんなで共有する語感からできている。「ぱさぱさ」という言葉に、私たちは表面が乾いている軽いものを連想する。「ニカッ」という言葉は、「ニヤッ」とも「ニコッ」とも違う挑戦的な笑いである。このへんは日本語のきまりに従って茨木さんも使っている。

ところが「ひよひよ　ひぃひぃ」というところ、これは赤ちゃんの泣き声だが、この辺りから少しずつ逸脱してくる。今まで赤ちゃんの泣き声を「ひよひよ　ひぃひぃ」と表現した日本語の詩人はいないはずだ。この泣き声は不満げで弱々しい赤ちゃんの特質をつかまえている。私たちは「ひよひよ　ひぃひぃ」を読んで、音を想像し、「いるもんだ、普通よりよく泣く子が」などと考えてみたり、「ひ」音から連想して、茨木さんも詩「木の実」の中で出してきているのだが、ひよめきという赤ん坊の頭にあるごく柔らかいところを思い起こしたりする。

「はたり　はたり」も団扇にしては重たい。団扇なら「はたはた」か「ぱたぱた」じゃないか。それが「はたり　はたり」とすると、軽いモノが、一箇所に重心を保って、規則正しく動くたびに、動く面が動かない面に打ちつけられるのを感じさせられる。
そこに、少しでもいいから日本語から逸脱してやろうという茨木さんの思いがある。などと読み解いてわかったつもりになっていたら、「カリタ　カリタ」「チャルサー　チャルサー」にぶちあたった。詩を引用する。

酒注ぐ音は　とくとくとく　だが
カリタ　カリタ　と聴こえる国もあって
波の音は　どぶん　ざ　ざ　ざァなのに
チャルサー　チャルサー　と聴こえる国もある
澄酒を　カリタ　カリタ　と傾けて

波音のチャルサー　チャルサー　捲き返す宿で
なにもかもが洗い出されてくるような夜です
一人　酔えば
子供の頃と少しも違わぬ気性が居て
哀しみだけが　ずっと深くなって　（「波の音」）

カリタカリタ。チャルサーチャルサー。この魅力的な、いったん聞いたら忘れられない言葉は、いったい何語なんだろう。いろいろと調べてみたのだ。チャルサーチャルサーは簡単だった。茨木さんの『ハングルへの旅』の中に出てきた。

チャルサックチャルサック(波の音、これは擬音の傑作)

また韓国語のできる人に尋ねてみて、「お酒を注ぐ擬音は『チョルチョル』や『トゥクトゥク』。波の音は『チョルソクチョルソク』と表現することが多い」という答えももらった。

チャルサー、チャルサック、チョルソク、表記は違うが同じ言葉に違いない。ある人はチャルサック、ある人はチョルソク。表記の揺れがおもしろい。しかしチャルサックチャルサックがどうしてチャルサーチャルサーになったか。茨木さん本人の経験と語感でそう省略してそう表記したのか。それともどこにもない言葉としてつくりあげたのか。いろいろ想像してみることができる。

でもカリタがわからない。韓国語ではないらしい。コーヒー器具メーカーとは関係ない。そのうちにイタリア語の carità をみつけた。「愛、慈愛、施し、好意、親切」の意味である。それならそれを二つ重ねて「酒を注ぐ」音になりはしないか？　でもイタリア在住の友人に尋ねてみたら、「酒好きの別れた夫に聞きました。やはりcarità caritàという言い方はないそうです。つがれた側が、ストップストップ！　という感じで、No no, per carità(勘弁してよ！)という言い方はするとのことですが、この場合もオノマトペではない」という返事が返ってきた。

一向に突き止められないカリタについてはうっちゃっといて、私は日本語のオノマトペの方に関心を向けた。

とくとくとく

どぶん　ざ　ざ　ざァ

とんとん、ぱたぱた、どやどや、がやがやというように、日本語のオノマトペは同じ音を重ねることが多い。「とくとく」「どぶんどぶん」あるいは「ざァざァ」と、畳語の型にはめ、「音」そのものを写し取ったというより「と」をつけて動詞を形容するのに使いやすい形にする。ところが茨木さんは、「とくとくとく」も「どぶん　ざ　ざ　ざァ」も、型なんてうっちゃって、まるで自分の耳で聞いた音をそのまま書きあらわそうとするかのように表記するのである。

そこに感じ取れるのは、日本語のルールからの逸脱。「ひよひよ　ひいひい」や「はたり　はたり」で感じたのと同じものだ。

オノマトペというのは、言語を使う人たちがみんなで共有する語感からできていると、さっき定義したんだけど、茨木のり子には、どうも、それからはずそうはずそうとする意思があるようだ。

ここまで見てきた茨木のり子の詩とは、こんなふうだ。

七五をときどき入れて、調子を整えたかと思うとすぐはずす。日本語の語感にのっとってオノマトペを使いながら、人々と共有する感覚から少しはずす。口承芸の語り物の口調を入れながら、やっぱりはずす。

それらは茨木さんが、日本語の詩歌のどんなリズムにもどんな型にも「倚りかからず」につくりあげてきた、茨木のり子の詩としか名前のついていない詩のリズムであり、型なのだ。

茨木のり子という人には会ったことはないが、なんとなく浮かびあがってくるのは——まっとうな人、人にはちゃんと関わり、親切にする人。でも肝心のところでは、一人でいたい人。他人のつくった、あるいはお国のつくったルールには、まあ従うけれども、ほんとは従いたくない人。ここと決めたら、勇敢にそむくことのできる人。

ずっと考えていたことがある。

あの有名な「わたしが一番きれいだったとき」という詩。

明るくて、ユーモアがあって、ちょっとだけ恨みがましくて、未来に向かう決意にあふれている。戦争中の銃後という場所に残された女の若い肉体と若い心、それに対する今現在の思いが、型のある詩のなかに整えられてある。一連一連読みすすめていくと、私たちの気持ちも、型に乗っていっしょに進む。ところがその最終連で私は立ち止まってしまうのだ。

だから決めた　できれば長生きすることに
年とってから凄く美しい絵を描いた
フランスのルオー爺さんのように
　　　　　　　　　ね

私はずっと考えていたのである。なぜ「ルオー爺さん」と「ね」が必要なのだろう、と。とくに最後の「ね」。

これはおそらく、茨木さんが詩を書く過程ではぜったいに必要だったものだ。だからそこにある。そして読者がこの詩を読む過程でも必要だったのだ。だからこの詩は、こんなに人々に読まれてきた。

それでも私には、唐突な「ルオー爺さん」も、突然あらわれる「ね」の必然性もわからない。ときどき読み返してみて、いや読み返す努力をするまでもなく、その詩は私の目に入ってきた。それほど有名な詩だった。そしてそのたびに考えた。

でも今、私はこう考える。

ここは茨木さんの意識が、読者に向かう箇所。「ね」の声が、隣にいる人の存在を指し示す。この「ね」には、茨木さんの詩の基本は読み手との対話であるということがあらわれているのではないか。そう考えてあらためて詩集『自分の感受性くらい』を読んでみる。すると各詩の最終部分に、茨木さんが目に見えぬ読者に投げかけている言葉がはっきりと存在する。

「自分の感受性くらい」の激しくて強くてきっぱりした三行もそうだ。

自分の感受性くらい
自分で守れ
ばかものよ

誰に向かって「ばかもの」と言っているのか。読む人にか、書いている自分にか。あるいはその両方か。

それとも煎餅かじる音だったか（「存在の哀れ」）

彼はどんなになりしていたのだろう（「二人の左官屋」）

人間に特有の附帯条件もまたあろうではないか（「孤独」）
誰のうたであったか（「友人」）

これらの呼びかけは、読む人に意見を求めている。

えとせとら（「青梅街道」）

これはおどけている。読む人に向かって、おどけながら、何かを放り投げ、受け止めてもらおうとしている声だ。

いくじなしは　いくじなしのままでいいの
泣きたきゃ　泣けよ
意気地なしの勁《つよ》さを貫くことのほうが

この国では　はるかに難しいんだから　（「夏の声」）

この詩に出てくる「いくじなしのむうちゃん」という言葉が耳から離れないのである。反芻しているうちに、むうちゃんというのが、ほんとに泣いてる赤ちゃんのことなのかどうかわからなくなるのである。だって、つとむちゃん、むつみちゃん、むつおちゃん、むねこちゃん……。なかなか「むうちゃん」と呼べる名前を思い当たらない。それで架空の人の名前、あるいは私の名前、そう勘違いすることもできる。

いくじなしは　いくじなしのままでいいの
泣きたきゃ　泣けよ

こう呼びかけられているのは「私」である。

茨木さんはつねに誰かに話しかけている。誰かと対話しようとしている。もしかしたら話しかけられているのは私である。茨木のり子という詩人が私に向かって話しかけている。それを実感できるのが、茨木のり子の詩なんである。現代詩のなかで、この対話可能な詩のありようは、どれだけ読む人たちの心にしみ込んだだろう。

最後に一篇、一九九九年、『自分の感受性くらい』から二二年後、茨木さんが亡くなる七年前につくられた、最後の詩集『倚りかからず』から「倚りかからず」を読んでもらいたい。茨木さんが亡くなった直後、いろんな人がこの詩をひいて茨木さんのことを語っていた。こうやって『自分の感受性くらい』を読んだ後、まさにこの詩は、茨木さんの詩の根本を表現していると思えるのである。

倚りかからず

もはや
できあいの思想には倚りかかりたくない
もはや
できあいの宗教には倚りかかりたくない
もはや
できあいの学問には倚りかかりたくない
もはや
いかなる権威にも倚りかかりたくはない
ながく生きて
心底学んだのはそれぐらい
じぶんの耳目
じぶんの二本足のみで立っていて

なに不都合のことやある
倚りかかるとすれば
それは
椅子の背もたれだけ

二〇二五年一月

（いとう ひろみ／詩人）

初出一覧

詩集と刺繡　一九七五年一月「いささか」
癖　一九七四年七月「いささか」
自分の感受性くらい　一九七五年一月「いささか」
存在の哀れ　一九七三年六月「婦人の友」
知命　一九七六年八月「新潮」

＊

青年　一九七二年四月「早稲田文学」
青梅街道　一九七五年十一月「いささか」
二人の左官屋　未発表
夏の声　一九七四年七月「いささか」

廃屋　一九七一年九月「復刊四季」
孤独　一九七一年六月「ユリイカ」
友人　一九七一年六月「ユリイカ」
底なし柄杓　一九七五年十一月「ユリイカ」〈現代詩の実験〉
波の音　未発表

*

顔　一九七一年八月「草月」
系図　一九七三年五月「ユリイカ」
木の実　一九七五年一月「本の手帖」
四海波静　一九七五年十一月「ユリイカ」〈現代詩の実験〉
殴る　一九六九年十月「風景」
鍵　一九七三年一月「現代詩手帖」

茨木のり子著作目録

一九五五年『対話』(不知火社。二〇〇一年、童話屋より新装版)
一九五八年『見えない配達夫』(飯塚書店。二〇〇一年、童話屋より新装版)
一九六五年『鎮魂歌』(思潮社。二〇〇一年、童話屋より新装版)
一九六七年『うたの心に生きた人々』(さ・え・ら書房。一九九四年、「ちくま文庫」)
一九六九年『茨木のり子詩集』〈現代詩文庫20〉(思潮社)
一九六九年『おとらぎつね』〈愛知県民話集〉(さ・え・ら書房)
一九七一年『人名詩集』(山梨シルクセンター出版部。二〇〇二年、童話屋より新装版)
一九七五年『言の葉さやげ』(花神社。二〇二三年、「河出文庫」)

一九七七年『自分の感受性くらい』(花神社。二〇二五年、「岩波現代文庫」)
一九七九年『詩のこころを読む』(岩波ジュニア新書)
一九八二年『寸志』(花神社)
一九八三年『現代の詩人7　茨木のり子』(中央公論社)
一九八五年『花神ブックス1　茨木のり子』(花神社。一九九六年、増補版)
一九八六年『ハングルへの旅』(朝日新聞社。一九八九年、「朝日文庫」)
一九八六年『うかれがらす』〈金善慶童話集・翻訳〉(筑摩書房)
一九九〇年『韓国現代詩選』〈訳編〉(花神社。二〇二二年、亜紀書房より新装版)
一九九二年『食卓に珈琲の匂い流れ』(花神社)
一九九四年『おんなのことば』(童話屋)
一九九四年『一本の茎の上に』(筑摩書房。二〇〇九年、「ちくま文庫」)
一九九九年『貘さんがゆく』(童話屋)

一九九九年『倚りかからず』（筑摩書房。二〇〇七年、「ちくま文庫」）
一九九九年『個人のたたかい――金子光晴の詩と真実』（童話屋）
二〇〇二年『茨木のり子集　言の葉』1〜3（筑摩書房。二〇一〇年、「ちくま文庫」）
二〇〇四年『落ちこぼれ』（理論社。二〇〇六年）
二〇〇四年『言葉が通じてこそ、友だちになれる』〈金裕鴻との対談〉（筑摩書房）
二〇〇六年『思索の淵にて』〈長谷川宏と共著〉（近代出版。二〇一六年、「河出文庫」）
二〇〇六年『貝の子プチキュー』（福音館書店）
二〇〇七年『歳月』（花神社）
二〇一〇年『茨木のり子全詩集』（花神社）

本書は一九七七年三月に花神社より初版が、二〇〇五年五月に同社より新装版が刊行された。岩波現代文庫に収録するにあたっては、伊藤比呂美氏による解説を加えた。

自分の感受性くらい

2025年4月15日　第1刷発行
2025年5月15日　第2刷発行

著　者　茨木《いばらぎ》のり子《こ》

発行者　坂本政謙

発行所　株式会社 岩波書店
〒101-8002 東京都千代田区一ツ橋2-5-5

案内 03-5210-4000　営業部 03-5210-4111
https://www.iwanami.co.jp/

印刷・精興社　製本・中永製本

ISBN 978-4-00-602368-3　Printed in Japan

岩波現代文庫創刊二〇年に際して

二一世紀が始まってからすでに二〇年が経とうとしています。この間のグローバル化の急激な進行は世界のあり方を大きく変えました。世界規模で経済や情報の結びつきが強まるとともに、国境を越えた人の移動は日常の光景となり、今やどこに住んでいても、私たちの暮らしは世界中の様々な出来事と無関係ではいられません。しかし、グローバル化の中で否応なくもたらされる「他者」との出会いや交流は、新たな文化や価値観だけではなく、摩擦や衝突、そしてしばしば憎悪までをも生み出しています。グローバル化にともなう副作用は、その恩恵を遥かにこえていると言わざるを得ません。

今私たちに求められているのは、国内、国外にかかわらず、異なる歴史や経験、文化を持つ「他者」と向き合い、よりよい関係を結び直してゆくための想像力、構想力ではないでしょうか。

新世紀の到来を目前にした二〇〇〇年一月に創刊された岩波現代文庫は、この二〇年を通して、哲学や歴史、経済、自然科学から、小説やエッセイ、ルポルタージュにいたるまで幅広いジャンルの書目を刊行してきました。一〇〇〇点を超える書目には、人類が直面してきた様々な課題と、試行錯誤の営みが刻まれています。読書を通した過去の「他者」との出会いから得られる知識や経験は、私たちがよりよい社会を作り上げてゆくために大きな示唆を与えてくれるはずです。

一冊の本が世界を変える大きな力を持つことを信じ、岩波現代文庫はこれからもさらなるラインナップの充実をめざしてゆきます。

（二〇二〇年一月）

B360
かなりいいかげんな略歴
―エッセイ・コレクションⅠ 1984－1990―
佐藤正午

デビュー作『永遠の1/2』受賞記念エッセイである表題作、初の映画化をめぐる顛末記「映画が街にやってきた」など、瑞々しく親しみ溢れる初期作品を収録。

B361
佐世保で考えたこと
―エッセイ・コレクションⅡ 1991－1995―
佐藤正午

深刻な水不足に悩む街の様子を綴った表題作のほか、「ありのすさび」「セカンド・ダウン」など代表的な連載エッセイ群を収録。

B362
つまらないものですが。
―エッセイ・コレクションⅢ 1996－2015―
佐藤正午

『Y』から『鳩の撃退法』まで数々の傑作を著した壮年期の、軽妙にして温かな哀感漂うエッセイ群。文庫初収録の随筆・書評等を十四編収める。

B363
母の恋文
―谷川徹三・多喜子の手紙―
谷川俊太郎編

大正十年、多喜子は哲学を学ぶ徹三と出会い、手紙を通して愛を育む。両親の遺品から編んだ、珠玉の書簡集。〈寄稿〉内田也哉子

B364
子どもの本の森へ
河合隼雄
長田弘

子どもの本の「名作」は、大人にとっても重要な意味がある! 稀代の心理学者と詩人が縦横無尽に語る、児童書・絵本の「名作」ガイドの決定版。〈解説〉河合俊雄

B365
司馬遼太郎の「跫音」
関川夏央

司馬遼太郎とは何者か。歴史小説家として、また文明批評家として、歴史と人間の物語をまなざす作家の本質が浮き彫りになる。

B366
文庫からはじまる
――「解説」的読書案内――
関川夏央

残された時間で、何を読むべきか？　迷ったときには文庫に帰れ！　読むぞ愉しき。「解説の達人」が厳選して贈る恰好の読書案内。

B367
物語の作り方
ガルシア＝マルケスのシナリオ教室
G・ガルシア＝マルケス
木村榮一訳

おもしろい物語はどのようにして作るのか？稀代のストーリーテラー、ガルシア＝マルケスによる実践的〈物語の作り方〉道場！

B368
自分の感受性くらい
茨木のり子

自分の感受性くらい／自分で守れ／ばかものよ――。もっとも人気のある詩人による、現代詩の枠をこえた名著。〈解説〉伊藤比呂美

B369
歳月
茨木のり子

亡夫に贈る愛の詩篇。女性としての息づかいが濃厚に漂う、没後刊行にして詩人の新生面を拓く、もう一つの代表作。〈解説〉小池昌代

2025. 5